BLANCHE-NEIGE ET LES 77 NAINS

Davide Cali

Raphaëlle Barbanègre

talents hauts

IL ÉTAIT UNE FOIS, quelque part au fond des bois, une jeune fille appelée Blanche-Neige qui fuyait une méchante sorcière.
Elle trouva refuge dans une minuscule maison habitée par soixante-dix-sept nains.

« Tu peux rester chez nous aussi longtemps que tu veux, dirent les gentils nains.
Tu nous donneras bien un petit coup de main de temps en temps pour le ménage ? »

Blanche-Neige comprit très vite que la vie avec les nains n'allait pas être de tout repos. Pour commencer, comment allait-elle retenir leurs soixante-dix-sept prénoms ?

Et, dans cette maison, il y avait vraiment BEAUCOUP à faire.
D'abord la lessive.

PUIS, le toilettage des soixante-dix-sept barbes.

Chacun voulait une histoire avant de dormir. SON histoire du soir !

11

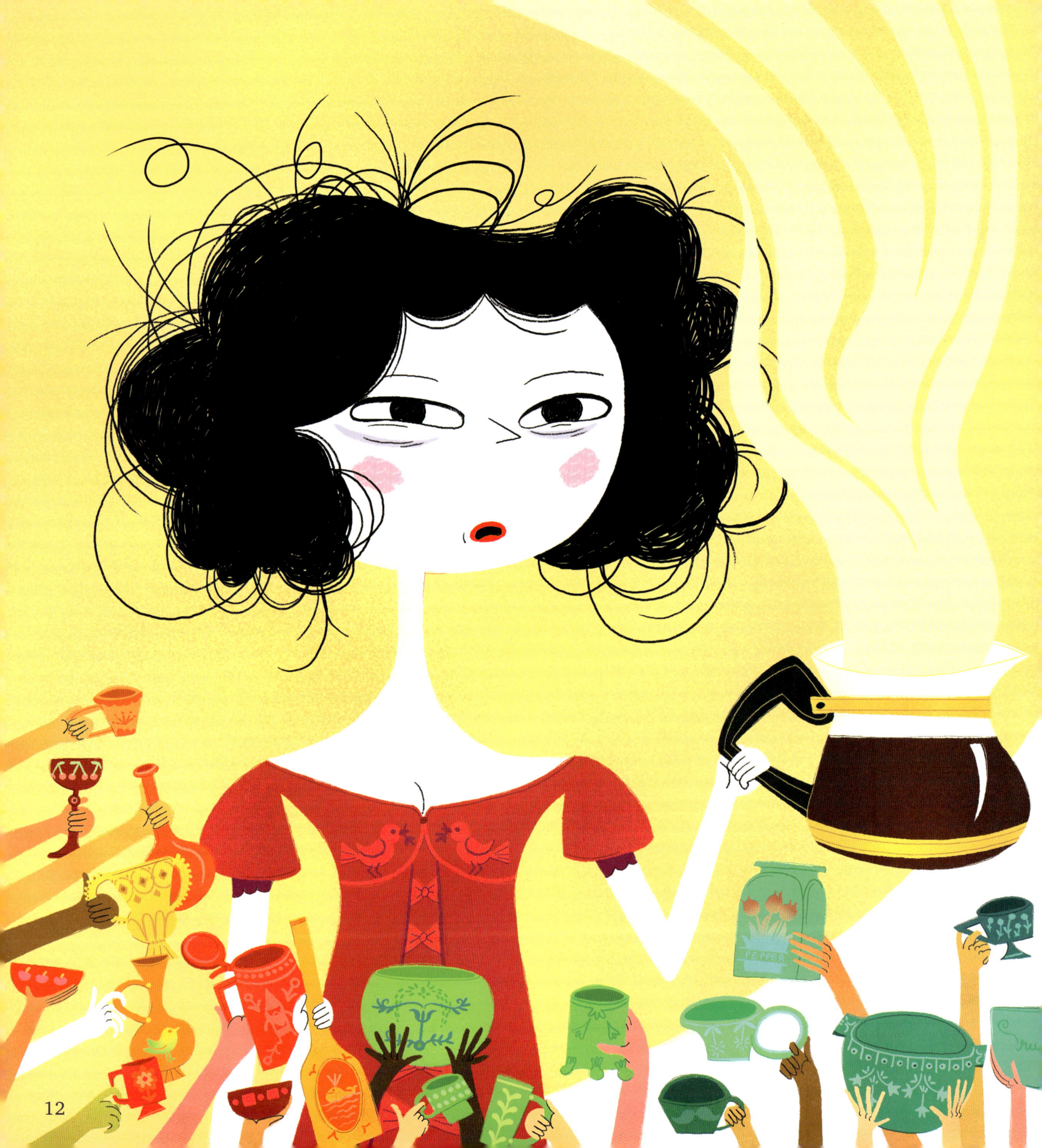
PEPPER

Au matin, tous réclamaient
leur petit-déjeuner.
EN MÊME TEMPS,
bien sûr !

ENSUITE, il fallait préparer soixante-dix-sept
pique-niques avec soixante-dix-sept sandwiches
et soixante-dix-sept jus de fruits.

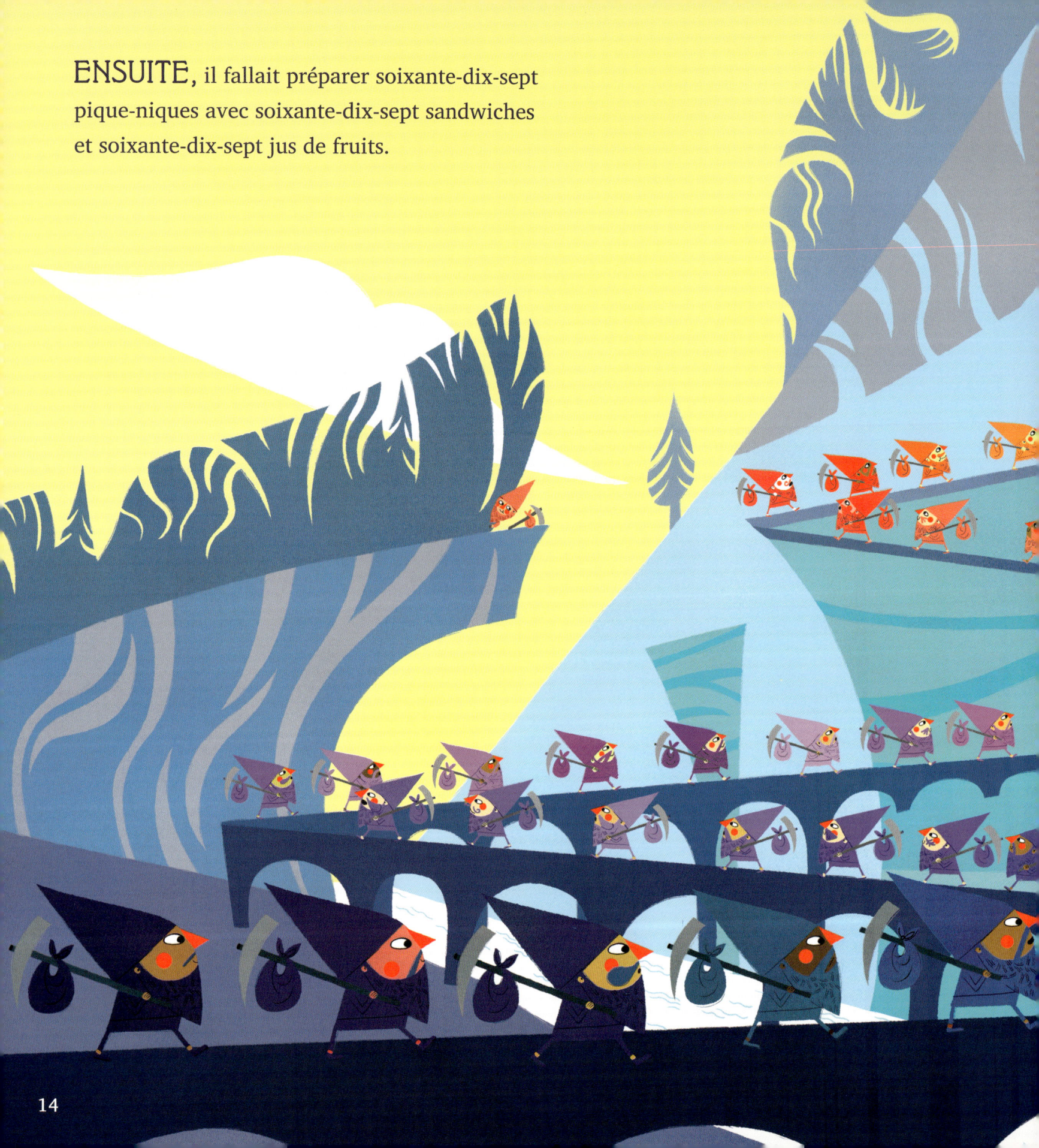

Hé, j'ai PAS demandé d'oighons dans mon hamburger !

Ils sont où mes cornichons ?

Blanche-Neige n'avait même pas le temps de souffler qu'il était déjà l'heure de dîner !

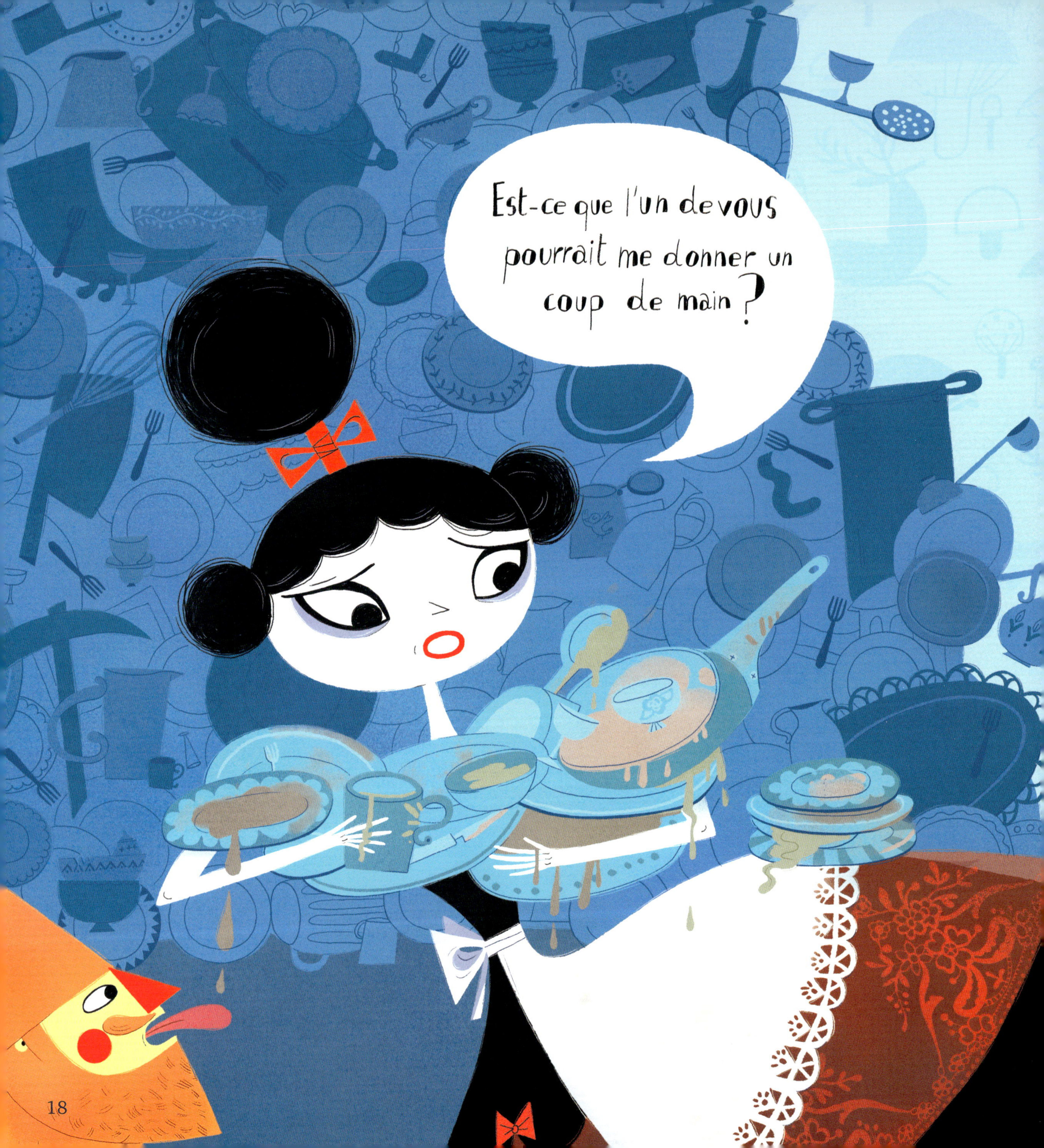
Est-ce que l'un de vous pourrait me donner un coup de main ?

Et après tout ça, il fallait **ENCORE** faire la vaisselle.

C'est vrai,
les nains étaient gentils,
mais ils étaient aussi
désordonnés, turbulents,
bagarreurs et très très bruyants.
Cette maison était un
VÉRITABLE CIRQUE !

C'en était trop pour Blanche-Neige !
Elle décida de quitter la maison
des soixante-dix-sept gentils nains
Et **TANT PIS** si elle croisait
la sorcière dans la forêt !

Daisy

Voudrais-tu une de mes belles pommes empoisonnées, jeune fille ?

26

Désormais, quelque part
au fond des bois, une jeune fille
appelée Blanche-Neige dort en attendant
le prince charmant qui la réveillera
d'un bais...

… ah, en fait, NON !

PRIÈRE de ne PAS ME RÉVEILLER

Merci

À Clément, qui m'a soutenue psychologiquement
pendant que je dessinais tous ces nains !

R. B.

Conception graphique : Alice Nussbaum
Photogravure : RVB Éditions – 92120 Montrouge

© Talents Hauts, 2016 – 2e édition : juin 2016
ISBN : 978-2-36266-137-2
Loi n° 49-956 du 16 juillet 1949 sur les publications destinées à la jeunesse
Dépôt légal : février 2016
Imprimé en République tchèque par PBtisk